전설의영웅 제3 시집

당신에게

하나

당신에게 · 하나

1판 1쇄 : 인쇄 2012년 10월 10일
1판 1쇄 : 발행 2012년 10월 12일

지은이 : 박봉은
펴낸이 : 서동영
펴낸곳 : 서영출판사

출판등록 : 2010년 11월 26일(제25100-2010-000011호)
주소 : 인천광역시 계양구 효성동 200-1 현대 404-103
전화 : 02-338-7270 팩스 : 02-338-7161
이메일 : sdy5608@hanmail.net

그 림 : 박봉은
디자인 : 이원경

ⓒ박봉은 seo young printed in incheon korea
ISBN 978-89-97180-14-1 04810

일원화 공급처_(주)북새통
주소 : 서울 마포구 서교동 465-4 광림빌딩 2층
전화 : 02-338-0117(대표), 팩스 : 02-338-7160
이메일 : info@booksetong.com

전설의영웅 제3 시집

당신에게 하나

도서출판 서영

박봉은 제3 시집 출간을 축하하며

시집 <당신만 행복하다면>, <아시나요>에 이어 세 번째 시집 <당신에게>를 펴내는 시인 박봉은은 30여 년간 무역업과 제조업에 몸을 담아온 사업가이다. 그런데도 이처럼 왕성하게 시를 쓰고 시집을 펴내는 인생을 펼쳐나가고 있다. 곁에서 보기에 참 멋지다. 이러한 시 창작의 길을 걷는 삶이 그의 여생 동안 내내 지속되기를 소망해 본다.

어느덧 한실문예창작에서 그는 소중한 자리를 차지하고 있다. 전체 행사인 <한꿈한마당>에서는 다양한 재능을 선보여 웃음과 감동을 주는 부러움의 존재로, 시시때때로 문우들에게 버섯이나 그림 등을 선물하는 마음씨 좋은 친구로 서 있는 그 모습이 아름답다.

박봉은 시인의 시 세계는 아주 단순하다. 그저 하고픈 내면의 웅얼거림을 아주 듣기 편하게 자연의 소리처럼 마구 쏟아내고 있다. 그런 과정에서 그 어떤 가식이나 억지나 수다스런 포장도 하지 않는다. 가슴속에 흐르고 있는 감성의 소리에 소박한 이미지의 옷을 입혀 봄나들이를 내보내고 있을 뿐이다. 시에게 순수

한 가슴이 있다면, 그곳을 향해 돌진하여 한아름 시
심을 들고 나와 너울너울 나비처럼 날아가고 있을 뿐
이다.

　스산한 바람이
　밤을 하얗게 새도록
　가슴을 온통
　휘젓고 다닙니다

　파란 멍울들이
　내쉬는 긴 한숨이
　발밑으로
　와르르 쏟아져 내립니다

　보고 싶어
　또 보고 싶어

　비바람 부는 날
　부둣가 비린내처럼
　마음속에
　그대 향기가 진동합니다.
　　　－ [당신에게·2] 전문

이 시에서 보는 바처럼, 그의 시에는 항상 애타게

찾는 어떤 그리움의 대상이 설정되어 있다. 스산한 바람이 밤새 가슴을 휘젓고 다니고, 파란 멍울들이 내쉬는 한숨은 발밑으로 쏟아져 내리고, 마음속엔 비바람 부는 부둣가 비린내처럼 그대 향기가 진동하고 있다. 시를 읽어가는 도중에 우리도 함께 그 그리움을 품게 되고, 그 안에서 같이 속삭이듯 대화를 나누게 된다. 마치 바닷가에서 모닥불 앞에 앉아 친구의 사랑 고백을 듣고 있는 듯하다. 또한 '밤을 하얗게 새도록'의 하양과 '파란 멍울들이 내쉬는 한숨'의 파랑의 색감 대조, 1연과 2연의 시각적 이미지와 마지막 연의 후각적 이미지의 어울림이 시의 선명한 이미지 그릇을 만드는 데 기여하고 있다.

어젯밤도
하얗게 지샜습니다

설렘이 이제는
기다림으로 변해서
방구석 한 켠에
아예 돗자리를 깔고
초조하게 앉아 있습니다

해는 떠나가고
빼꼼히 열어 놓은 문틈 사이로

달과 별이 달려와
애잔한 눈빛으로
쳐다봅니다

가슴속에는 물안개가
가득차 오르더니
거친 숨결 따라
어느새 가랑비 되어
뒹굽니다

훨훨 타오르는 장작더미에
추억 몽땅 던져
이글이글
태워 버리고도 싶습니다

그럴수록더 많이 보고 싶어져
폭우가 휩쓸고 간
논바닥 벼들처럼
맥없이 그렇게
며칠째 누워만 있습니다.
                    ― [당신에게·3] 전문

이 시에서는 '물안개', '가랑비', '폭우' 등에서 보이는 물의 이미지와 '활활', '장작더미', '이글이글'

등에서 보이는 불의 이미지가 조화를 이루고 있다. 그 사이에 그리움으로 애를 태우고 있는 시적 화자가 며칠째 누워 있다. 설렘은 어느새 기다림으로 변해 버렸고, 가슴속은 눈물로 가득하고, 추억은 장작불에 던져질 위기에 놓여 있고, 내면은 쓰러진 논바닥의 벼들처럼 맥없이 누워만 있다. 그리움에 몸부림치는 시적화자가 우리 곁에 있는 듯하다. 물 흐르듯 뻗어가는 시상의 흐름이 마치 산속에서 새소리를 듣는 듯 자연스럽다.

예전에는
산기슭 절벽에서
떨어져 나온 돌멩이처럼
모나고 거칠기만 했었는데

요사이 당신은
매사에 동글동글
많이 성숙해진 것 같습니다

예전에는
얕은 시냇가의 물길처럼
거칠게 요동치며
술렁거렸는데

지금은
깊은 숲속 호수처럼
잔잔한 듯 고요하면서도
포근함이 느껴집니다.
            - [당신에게·22] 전문

　이번에는 '절벽에서 떨어져 나온 돌멩이', '모나고
거칠기만' '시냇가의 물길처럼 거칠게 요동치며', '포
근함' 등의 촉각 이미지와 '동글동글', '시냇가 물길', '
숲속 호수', '잔잔한 듯 고요하면서도'의 시각 이미지
가 어우러져 당신을 향한 시적화자의 애타는 심정을
한층 더 고조시켜 놓고 있다.

이제라도
제발 힘없이 지탱해 온
나와의 인연의 끈을
미련 없이 놓아 주세요

잠시라는 낭만의 여유도
자리를 비운 지 오랩니다

그나마 내가 남긴 흔적도
하얗게 지워 버리고
추억의 보라색 돗자리도

까맣게 태워 버렸습니다

내 몸에 씌워져 있는
엷은 은빛 연민까지도
내 마음에 걸쳐져 있는
작디작은 상념의 고리도
하늘 멀리 날려 버렸습니다.
　　　　　－ [당신에게·36] 전문

이 시에서는 '인연', '낭만', '추억', 연민', '상념' 등
의 추상과 '끈', '흔적', '돗자리', '고리', '은빛' 등의
구상이 긴밀히 손잡고 있다. 그리하여, 인연의 끈마
저 놓아달라는 시적화자의 애끓는 하소연이 더욱 절
절하게 느껴지도록 해놓고 있다. 시상이 특수성에서
출발하여, 독자들의 보편성 속으로 파고들 수만 있
다면, 그 길을 택하여 가야 할 것이다. 이 시는 그 길
을 찾아 줄기차게 달리고 있다. 그래서 금방 공감대
를 형성하고 시의 분위기 속으로 빨려들게 된다.

발밑에서 서성이는 가을을 보며
문득 당신을 생각합니다

당신 마음 쏙 빼닮은
작은 단풍 하나 주워들고

어린애처럼 신기해하며
한참을 들여다보던 당신
책갈피에 조심스레 꽂아 넣고
귀중한 보석을 얻은 것처럼
기뻐서 어쩔 줄 모르던 당신

푸른 하늘 속에 떠오른 당신은
아름다운 한 폭의 수채화입니다
그 해맑은 당신의 미소가
소리 없이 가을 속으로 스며듭니다

오솔길 위에 뒹구는 낙엽들이
행여 밟혀 아플까 봐
조심 조심 꼿발로 걷던 당신

당신은 하늘에서 내려온
눈부신 하얀 천사입니다

코끝을 살겁게 스쳐가는
가을향기 가득 들이마시며
지그시 눈을 내려 감고
두 손을 꼭 쥐어주던 당신

황홀한 행복의 울타리에

달콤하게 잠들게 했던
당신의 향기를 기억합니다
사랑의 느낌이 출렁거리던
작은 연못가 풀밭 위에서
살포시 기대어 속삭이던
보랏빛 사랑 고백도 기억합니다.
                    - [당신에게.57] 전문

'발밑에서 서성이는 가을', '당신 마음 쏙 빼닮은 작
은 단풍 하나', '소리 없이 가을 속으로 스며드는 해
맑은 당신의 미소', '낙엽이 아플까 봐 꼿발로 걷던
당신', '코끝을 살갑게 스쳐가는 가을향기', '황홀한
행복의 울타리', '사랑의 느낌이 출렁거렸던 작은 연
못가 풀밭', '살포시 기대어 속삭이던 보랏빛 사랑 고
백' 등에서 보이는 이미지의 꽃들이 시 전체를 꽉 매
우고 있다. 이미지는 화려한데, 시적화자의 내면은
초라하기 그지없어, 아주 대조적이다. 그래서 시적
화자의 애절함이 더 안쓰럽게 느껴진다. 부디 시적
화자의 소망이 이뤄져 행복했으면 하는 바람이 텍스
트의 저변에서 소용돌이치게 만들어 버린다.

깊은 늪에 빠져
허우적대는 나를 보고
야릇한 미소 보이며

조롱하지 마세요

온몸이 비에 젖어
추위에 떨고 있는 나를 보고
웃음 뒤에 숨어
우롱하지 마세요.

– [당신에게·69] 중에서

당신을 안 보면
보고픔의 파도가
밀물처럼 몰려와
나의 온몸을 쪼아대고

보고 또 봐도
그래도 또
그리움의 파도가
우루루 몰려와
나의 온 마음을 할켜대고.

– [당신에게·70] 중에서

한 번 얼어
얼음으로 변해 버린
순수한 사랑은
녹아서 다시 물이 되어도

원래의 모습을
절대 되찾을 수가 없답니다
한 번 불에 타
회색빛 잿더미가 되어 버린
참혹한 사랑은
아무리 후회해도
다시는
나에게 돌아올 수가 없답니다.

- [당신에게·87] 중에서

이 시에서 보는 것처럼, 그의 시 속에 자주 등장하는 대구 기법은 현란하기까지 하다. 첫 연과 둘째 연이 마치 쌍둥이 형제처럼 손잡고 시상의 흐름을 타고 있다. 그의 모든 시에 어김없이 등장하는 이 기법은 시를 읽어가는 재미와 리듬감을 주어, 독자들의 감성 문을 여는 데 기여하고 있다. 시를 통해 세상의 닫힌 감성 문들을 열 수만 있다면, 기꺼이 시들은 그 길을 걸어갈 것이다.

박봉인 시인의 시들은 여전히 쉬지 않고 뿜어대는 활화산과 같은 열정 그 안에 갇혀 있다. 주체할 수 없이 솟구치는 뭔가가 그를 지배하고 있는 듯하다. 못다 이룬 꿈, 펼치지 못한 열정, 잠재워 두기에는 너무나 아까운 그 무엇이 잠재되어 있는 듯하다. 미처 시 기법을 터득할 새도 없이, 이미지와 상징의 섬세

한 그릇에 담기도 전에 와르르 쏟아져 나오는 듯한 무수한 시들, 강줄기를 타고 마냥 흘러가는 그의 시들을 바라보면서, 대견함과 안타까움을 한꺼번에 느끼곤 한다.

어디까지 가야 그의 시 창작 열정은 멈추게 될까. 아니면 평생 이어져, 마지막 숨을 거두는 그날까지 지속될 수 있을까. 어쨌든 세상에서 가장 가치롭고 가장 의미 깊은 시 창작을 손에서 놓지 않고 나아가는 그의 모습이 멋져 보인다. 부디 초심을 잃지 않고, 끝까지 시인의 자긍심을 껴안고 시 창작의 길을 걸어가길 기원해 본다.

다시 한번, 제3시집 발간을 축하한다. 이런 창조적인 삶이 그의 인생에서 계속 빛을 발하기를 바란다. 그리고 그 길을 같이 가는 한실문예창작 문우들과 더불어 행복했으면 좋겠다. 영원토록, 우주의 본질인 사랑 안에서 하루하루 즐겁고도 알차게 살아갔으면 좋겠다.

— 시향 가득한 칠월의 물안개를 바라보며
한실 문예창작 지도 교수 박덕은
(문학박사, 시인, 문학평론가, 소설가, 동화작가)

세 번째 시집을 세상에 내놓으며

 2012년 여름 나의 세 번째 시집을 세상에 내놓게 되어 기쁘다.
 그동안 어떻게 이 많은 사연들을 가슴속에만 품고 살아왔을까.
 답답했을 터인데…….

 부끄럽기도 하고 또 한편으론 속시원하기도 하다.
 시 하나하나에 크고 작은 느낌과 생각들이 적나라하게 표현되어 있어 부끄럽고, 그동안 살면서 마음속 투명한 유리병에 갇혀 세상에 나오지 못했던 나의 속얘기들을 전부 세상에 내놓게 되어 후련하고, 그리고 작은 시들이 모여 나의 제1시집 "당신만 행복하다면", 제2시집 "아시나요", 이번에 내놓게 된 제3시집 "당신에게"로 태어나 행복하다.

그동안 시를 써오면서 시인으로서 작품성만을 가지고 매달릴 수는 없었다.

 시인이기 이전에 한 인간으로서 먼저 나의 예쁘고 슬픈 마음속 이야기들을 다듬어서 세상에 내놓게 되었다는 것이 마냥 설렐 뿐이다.

 아직도 가슴속에 남아 있는 수많은 이야기들을 어떻게 해야 할지 모르겠다.

 이미지로 그려 세상에 다 내놓고 싶은데…….

 그러기 위해 앞으로도 계속 좀더 새로운 시각으로 좀더 치열하게 시 창작에 도전해 나갈 것이다. 부디 사랑스럽게 지켜보며 향긋이 기다려 주시길 바랍니다.

 그리고 저를 시인으로 만들어 주고 이끌어 주신 한실문예창작 지도교수 박덕은 박사님, 그동안 함께 문예창작의 길을 걸어온 한실문예창작의 여러 문우님들, 특히 포시런 문학회 멋진 시인들, 그리고 사랑하는 나의 가족, 친지, 친구, 지인들에게도 다시 한번 감사의 마음을 바칩니다.

  – 2012년 8월 폭염과 장마 속에서도
  시심이 모락모락 피어오르는 노을녘에

        시인 박봉은

[박봉은]

– 박덕은

서릿발 딛고
일어서서
키워낸 가슴

시심으로
다소곳이
받쳐 들고

낭만을 어깨에 휘휘 두른 채
유유히 걸어가는
나그네

겹겹 쌓인
설움도 한도
물안개에 실어 보내고

여생의 화폭을
순수와 여백으로
감미롭게 덧칠하며

눈물 없는
자유의 동산 향해
묵묵히 걸어가는
나그네

그 어떤
세찬 세파에도
끄덕없는 심지 세워

보다 더 포근하고
보다 더 보드라운
향기 찾아

의지 박힌 푸르른 발걸음으로
선선히 걸어가는
나그네.

차례

당신에게

하나

당신에게 · 1

오늘따라 유난히도
당신의 숨소리를 들을 수 없는
내 자신이 얼마나 미웠는지
모릅니다

도대체 무엇이
우리의 사랑을 아프게 하는지
모릅니다

당신을 생각하면
끝없이 가슴속에서
뿜어져 나오는 사랑의 물줄기를
도저히 주체할 수가 없습니다

금방이라도
터져 버릴 것만 같은
감정의 풍선을 다독이느라
무척 힘이 듭니다

보고 싶은 마음을
누르고 누르느라
주체할 수 없는 슬픔을
다스리고 다스리느라
깜박깜박 정신을
놓아 버리기도 합니다.

당신에게 · 2

스잔한 바람이
밤을 하얗게 새도록
가슴을 온통
휘젓고 다닙니다

파란 멍울들이
내쉬는 긴 한숨이
발밑으로
와르르 쏟아져 내립니다

보고 싶어
또 보고 싶어

비바람 부는 날
부둣가 비린내처럼
마음속에
그대 향기가 진동합니다.

박봉은 作 <정물화 1> 10P(53×41cm) 데생 2010.02
카페 박봉은 : http://cafe.daum.net/parkbongeun

당신에게 · 3

어젯밤도
하얗게 지샜습니다

설렘이 이제는
기다림으로 변해서
방구석 한켠에
아예 돗자리를 깔고
초조하게 앉아 있습니다

해는 떠나가고
빼꼼히 열어 놓은 문틈 사이로
달과 별이 달려와
애잔한 눈빛으로
쳐다봅니다

가슴속에는 물안개가
가득 차 오르더니
거친 숨결 따라
어느 새 가랑비 되어
뒹굽니다

훨훨 타오르는 장작더미에
추억 몽땅 던져
이글 이글
태워 버리고도 싶습니다

그럴수록
더 많이 보고 싶어져
폭우가 휩쓸고 간
논바닥 벼들처럼
맥없이 그렇게
며칠째 누워만 있습니다.

당신에게 · 4

당신을 이해할 수 없습니다
왜 그리
자신의 입장만 생각하는지
정말 바보 같습니다

나에게도
나의 상황이 있습니다

기분이 언짢을 때도 있고
괜시리 우울할 때도 있고
이유 없이
마음이 공허할 때도 있습니다

가끔은
혼자 있고 싶을 때도 있고
또 가끔은
움직이기 귀찮아
어디 나가기
정말 싫을 때도 있습니다

이럴 땐 그냥
혼자 가만 놔두세요
때가 되면
기분이 나아지겠지요

그럼 그때
당신께 연락 드릴게요.

당신에게 · 5

나에게 말도 없이
달님도 별님도
사랑도
모두 나들이를 떠났습니다

내 머릿속은
마치 소용돌이치는
우주의 블랙홀처럼
온갖 그리움들이 요동치며
빨려 들어왔습니다

그대 웃는 모습은
어렸을 적 자장가 불러 주며
내려다보고 웃던
엄마의 미소처럼 예뻤습니다

나를 바라보는 그 눈빛이
아침햇살에 반짝이는
이슬방울처럼
다정해 보였습니다.

당신에게 · 6

오늘은
당신이 많이 아픕니다
여태까지 건강하게
힘껏 잘 달려 주었는데
이제 지쳐 쓰러지려고 합니다

많이 고통스러워하는
당신을 바라보니
내 마음이
소금에 절인 배추처럼
맥없이 그렇게 흐물거리고 있습니다

내가 당신을 대신해서
아플 수 있다면
차라리 그리 하고 싶습니다

그것이 나에게
진정한 행복인 듯싶습니다.

당신에게 · 7

산속 깊은 텐트촌에서
시리디시린 얼음 깨고
얼굴 씻을 때의 심정으로
아침을 맞습니다

그동안
낯익은 습관 속에서만
살았습니다

이제는 허물벗고
맨몸과 맨얼굴로
당신 앞에 서서

서로의 삶에 대한 이해와
받아들이는 방법에 대해
당신의 도움을 받으며
커가고 싶습니다.

박봉은 作 <정물화 2> 10P(53×41cm) 데생 2010.03
카페 박봉은 : http://cafe.daum.net/parkbongeun

당신에게 · 8

당신은 정말
참 나쁜 사람입니다

나에게 허락도 없이
마음 창문 열고
몰래 들어와
나를 뚫어지게
바라다보고 있습니다

더군다나
지금까지 고이 간직해 온
선홍빛 내 사랑을
아프게 생채기 내며
야금야금
훔쳐 먹고 있습니다

게다가
나를 추억의 새장 속에
꼼짝없이 가둬두고
사랑의 깃털까지도
몽땅 다 뽑아 버렸습니다

이제 나는 혼자 힘으로는
날 수도 걸을 수도 없습니다
사랑 없이는
단 하루도 단 한 시간도
살아갈 수가 없습니다

몸속에 배어 있는
당신의 향기마저도
지울 수가 없습니다

당신은 정말
참 나쁜 사람입니다.

당신에게 · 9

오늘은
정말 마음이 허전합니다

마치
파티가 끝나 버린 집에
홀로 남겨진 것처럼
외로움의 추위를
뼛속까지 느끼고 있습니다

요 며칠
당신을 볼 수 없어
가지에 매달린 채
한겨울을 맞고 있는
나뭇잎처럼
그렇게 창백하게 지냈습니다

얼마 있으면
다시 볼 수 있을 것이라는
막연한 기대만으로는
출렁이는 내 마음을
도저히 다독일 수가 없습니다

아무리
물을 뿌려 주어도
다시 생기를 찾지 못하는
산기슭 풀처럼
나는 그렇게
야위어 가고 있습니다.

당신에게 · 10

끝없이 곤두박칠치는
충격으로
요즘 잠을 설칩니다

당신과의 헤어짐은
처음부터
생각해 본 일도 없었습니다

이 세상에서
나의 가치관에
의구심을 갖게 해준
당신

그 곁을
떠날 수 없습니다

한 발짝 뒤에서 보면
바보스런 내 모습이 보입니다

당신을 통해
무럭무럭
성장할 수 있었는데.

당신에게 · 11

비행기 트랩에 오르며
모든 게 기꺼이
하나로 묶였으면
하고 바랐습니다

마음의 빗장을 열고
우리의 운명도
기꺼이

넉넉한 마음도
풍요로운 시간도
그대로

닫힌 마음
주저 없이 풀어 헤치고
바닐라향 촛불을 켠 채.

당신에게 · 12

하늘 담은 가슴을
피 흐르는 사랑을
가슴속 한켠에
고이고이 쌓아 두었습니다

우리는 서로
조각가를 닮은 듯이
여름 내내
그 자리에 서서
우리의 이름을 새겨 넣었습니다

어느 겨울밤에
꾸웠던 화려한 꿈을
뼛속 시리도록 잊지 못해
싸락눈 이불자락 만들어
가만히 덮어 놓았습니다.

당신에게 · 13

사랑은 희생입니다
온전히
자기 몸을 던질 수 있는

사랑은 이해입니다
사소한 실수에도
너그럽게 품어줄 수 있는

사랑은 배려입니다
편안하게 해주기 위해
끊임없이 노력하는

사랑은 존중입니다
서로의 인격을
인정하고 지켜 주는.

박봉은 作 <정물화 3> 10P(53×41cm) 데생 2010.04
카페 박봉은 : http://cafe.daum.net/parkbongeun

당신에게 · 14

요사이 며칠
마음이 많이 아팠습니다

오늘따라 얼굴 스치는
바람마저도 귀찮습니다.

아무 생각도
아무 의욕도 없습니다

귓가에 들려오는
당신의 숨소리마저도
버겁습니다

이 순간만큼은
모든 걸 미련 없이
버리고 싶습니다

달님도 별님도 모두
바닷속으로 잠겨버린 듯
어둡고 삭막하기만 합니다

메말라 버린 사막처럼
한 방울의 관용도
남아 있지 않습니다

이제 조용히
당신을 잊으려 합니다

당신에 대한 나의 사랑을
말없이 접으려 합니다.

당신에게 · 15

오늘 오랜만에
당신을 뵈었습니다

아직도 응어리가
조금 남아 있기는 하지만

이제는
그냥 웃으려 합니다
그냥 용서하려 합니다

그동안
당신에 대한
보고픔의 문까지 굳게
닫은 채 살았습니다

터질 듯이 밀려드는
당신에 대한 애틋한 그리움도
싹뚝 잘라 버린 채¶

이제 다시는 당신을
미워하지 않으렵니다

그저 당신을
멀리서 바라보고
사랑만 하고 싶습니다.

당신에게 · 16

무언가
눈과 귀를 막아 버린 듯
당신을 여태까지
제대로 보지 못했습니다

싫으면
그냥 조용히 떠나면 될 터인데
왜 그리도 모질게
온몸을 쪼아댔는지

내가 상처 입어 쓰러지면
당신이 그리도 돋보이는 건가요

나를 깎아 내리면
당신이 그리도 높이 올라가는 건가요

꼭 그렇지만은 않다는 걸
앞으로 뼈저리게 깨닫게 될 것입니다

당신은
참 나쁜 사람입니다.

당신에게 · 17

오늘 모처럼 오랜만에
종달새 같은
당신의 목소리를 들었습니다

묻어 나오는 작은 떨림만으로도
당신의 진실한 사랑을
금방 느낄 수 있었습니다

텅 빈 가슴이 따뜻하게
가득 채워져옴도 느꼈습니다

새빨갛게 달궈져 오는
인두처럼
바위에 부딪쳐 하얗게 부서지는
파도처럼

당신의 향기로운 사랑을
느낄 수 있었습니다.

박봉은 作 <정물화 4> 10P(53×41cm) 데생 2010.05
카페 박봉은 : http://cafe.daum.net/parkbongeun

당신에게 · 18

아주 특별한 인연으로 만난
아주 특별한 사람들만이
나눌 수 있는 것이
진정한 사랑인 듯싶습니다

사랑은 아무에게나
쉽게 주어질 수 있지만
대부분 그 사랑을
끝까지 지키지 못하고
가꾸어 가지 못합니다

어떤 사랑은
꽃 따라 길 떠나는 나비들처럼
다른 사랑을 찾아 가기도 하고

또 어떤 사랑은
부러진 예쁜 꽃나무에 달린
시들어가는 한 송이 꽃처럼
싸우다 지쳐
그냥 말라 죽기도 합니다

또 다른 사랑은
적응하기 위해 다투다가 쓰러져
그냥 포기하고 살기도 합니다

참사랑을
만들어 가기 위해서는
많은 지혜와 인내가
필요하나 봅니다

우리만이라도 그런 고귀한 사랑을
이룰 수 있는 행운아이기를 바랍니다.

당신에게 · 19

나를 쳐다보는 눈빛만으로도
당신의 해맑은 사랑을
그대로 읽을 수 있습니다

당신의 손에서 전해져 오는
따스함의 차이에서도
당신의 진한 사랑을
금방 읽을 수 있습니다

당신의 목소리에서 전해져 오는
잔잔한 떨림만으로도
당신의 진실한 사랑을
온몸으로 읽을 수 있습니다

나를 넌지시 바라다 볼 때
얼굴을 스쳐가는
잔잔한 미소 하나만으로도
당신의 아름다운 사랑을
온영혼으로 읽을 수 있습니다

나는 당신의 마음을
누구보다 더 훤히
누구보다 더 빨리
읽을 수 있습니다.

당신에게 · 20

오늘은 부풀대로 부풀어서
금방 터질 것만 같은
고무풍선 같은 당신을 보니
정말로 가슴이 답답합니다

왜 자신을 그렇게 학대하는지
왜 자신을 컴컴한 동굴 속에
가둬 두려고만 하는지
도대체 당신을
이해하기가 너무 힘이 듭니다

이제나저제나
당신이 변하기만을
그렇게 기다리고
또 기다립니다

밤이 되면 해가 지고
아침이 되면 달이 지지만
당신은 전혀 변하지 않습니다

좋습니다
너무나 사랑하기에
그래도 기다리렵니다

그냥 마음 비워 두고
바람에 날아가지 않게
자갈을 가득 채워 넣고서
가시밭길 바람 앞에 선 채로
그냥 그렇게 기다리렵니다.

당신에게 · 21

당신을 바라다보고 있으면
초록빛 자두 하나를
깨물어 먹은 것처럼
그렇게 가슴이
시리고 또 시립니다

항상 그토록 너그럽게
항상 그리도 따스하게
마음을 다스리니
진정 당신은
천사임에 분명합니다

그런 당신을
가까이에 두고 있어서
행복의 꿀단지에
빠져 있는 것처럼
마냥 달콤하기만 합니다.

당신에게 · 22

예전에는
산기슭 절벽에서
떨어져 나온 돌멩이처럼
모나고 거칠기만 했었는데

요사이 당신은
매사에 동글동글
많이 성숙해진 것 같습니다

예전에는
얕은 시냇가의 물길처럼
거칠게 요동치며
술렁거렸는데

지금은
깊은 숲 속 호수처럼
잔잔한 듯 고요하면서도
포근함이 느껴집니다.

당신에게 · 23

당신은 며칠 전에
다리를 많이 다쳤습니다

지금 생각해 보면
그저 성성한 두 다리로
여기저기
열정적으로 휘젓고 다니던
때가 더 그립습니다

그땐
너무 자주 집을 비운다고
살림살이에 너무 소홀하다고
당신에게
자주 불평하곤 했습니다

그러나 지금 생각하면
그때가 훨씬 백 배나 더
나았던 것 같습니다

이렇게 아파하고
고통스러워하는 당신 모습을 보니
돌더미 무너지듯이
자꾸만 마음이 무너져 내립니다

당신의 고통은
바로 나의 고통입니다
그게 거대한 파도처럼
나에게 밀려오곤 합니다.

당신에게 · 24

나는 오늘 당신에게
처음으로 고백하고자 합니다

내가 당신을
얼마나 진심으로 사랑했는지
당신이 꼭 알아주었으면 합니다

우리가
언제 헤어질지는 모르지만
그래도 이것만은
꼭 기억해 주시기를 바랍니다

그동안 당신을
나 자신보다 더 사랑했고
나 자신보다 더 귀하게
여겼습니다

언제나 나 자신보다
당신을 먼저 떠올렸고
살아가는 동안
항상 당신이 우선이었습니다

당신이 내 곁에 없으면
심장이 사라져 버린 듯
항상 허전하고
외롭기만 했습니다

당신과 함께 있는 시간은
말 그대로 행복이요
천국이었습니다

세상에서
부러울 게 하나도 없었고
그저 편안하고
따스하기만 했습니다

당신 앞에서는
시들어가는 꽃들도
금방 싱싱하게
되살아 날 수 있을 것 같았습니다

언제든 어디서
내 곁을 떠나게 될지라도
내가 당신을 진심으로 사랑했다는 걸
그것만은 꼭 기억해 주길 바랍니다.

박봉은 作 <정물화 5> 10P(53×41cm) 수채화 2010. 06
카페 박봉은 : http://cafe.daum.net/parkbongeun

당신에게 · 25

오늘 불현듯
당신 얼굴을 쳐다보고 있노라니
당신도 많이 늙었군요

그 어여쁜 얼굴엔
어느새 깊은 주름살이
여기저기에 자리를 잡았네요

부드럽고 하얗던
그 곱던 손도 이토록
거칠고 검게 변해 버렸네요

이 세상 떠날 때까지도
전혀 변함없을 것 같았는데
세월에는 장사가 없나 봅니다

지나온 수많은 세월들이
여름철 내리치는 번갯불처럼
그렇게 쏜살같이 지나갔네요

영화관 필름처럼
수많은 사연들이
눈앞을 스쳐 지나가네요

그 가운데 우뚝 서서
변함없이 내 곁에 있는
당신을 이 세상 누구보다도
더 사랑합니다.

당신에게 · 26

오늘은
내가 이 세상에 태어나서
가장 사랑했던 당신의
생일입니다

당신이 건강하게
아주 즐거운 모습으로
내 곁에 있어 줘서
행복합니다

언젠가
큰아이를 낳고 나서 얼마 되지 않아
당신을 혼자 두고 처음으로 멀리
해외 출장을 나간 적이 있었습니다

그때 돈이 다 떨어졌다고
당신에게 전화를 했을 때
당신은
대성통곡을 하며 울었습니다

아마도 내가 돌아오지 못할까 봐
그리 생각하고
걱정이 되었나 봅니다

지금 생각하면
그런 곱고 풋풋한 마음들이 다
사랑이라는
달콤한 과일이었나 봅니다

이제는 그런 풋풋함들이
잘 익혀놓은 장맛처럼
고소하고 진한 사랑으로
내 곁에 남아 있음을
진심으로 고맙게 생각합니다

그리고 내 온 마음으로
깨소금처럼 고소한 향기로
사랑하는 당신의 생일을
진심으로 축하합니다.

당신에게 · 27

당신에게
무척 부끄럽고 미안합니다

잠시 내가
정신을 놓았던 것 같습니다

잠깐 내가
마음을 다스리지 못했습니다

김춰진 어둠의 유혹을
바로 보지 못했습니다

독이 든 꿀물의 황홀함을
견디지 못했습니다

가지 말아야 할 길을
생각 없이 밟았습니다

마시지 말아야 할 독배를
의미 없이 마셨습니다

착하고 너그럽기만 한
당신의 마음에 아프게
생채기를 냈습니다

그런데도
나에게 당신은
너무나 자애로웠습니다
너무나 따뜻했습니다

당신에게
정말 미안합니다

내가 이 세상을 떠날 때까지
그런 일은 다시는 없을 거라고
굳게 약속합니다.

당신에게 · 28

내가 당신을 만나고 나서 지금까지
오늘처럼 당신이
우러러 보인 적이 없었습니다

당신은
참으로 멋진 사람입니다

정말 마음이 많이 아팠을 텐데도
정말 심장이 다 녹아 내렸을 텐데도
전혀 내색 한 번 하지 않았습니다

무척 화가 났을 텐데도
무척 섭섭했을 텐데도
따뜻한 눈으로 바라봐 주었습니다

그 사랑이 얼마나 큰지
그 마음이 얼마나 넓은지
사랑 가득한 눈으로 바라보는
당신의 눈을 통해 비로소 알았습니다

내가 얼마나 어리석었는지
내가 얼마나 바보였는지
너무나 큰 사랑 앞에 비로소
눈물샘이 다 마르도록 깨달았습니다

다시는 당신을 슬프게 않을 거라는
다시는 당신을 울리지 않을 거라는
나의 온 마음 하얀 바구니에 담아
그 멍울진 마음에 바칩니다.

당신에게 · 29

당신이 내 곁을 떠나고 난 뒤
그 빈자리를
처음으로 가슴 시리게 느낍니다

전에는 전혀 느껴 보지 못한
회색빛 허전함
몸이 자꾸만
땅속으로 스며들어가는 듯한
절망감에 사로잡혀 있습니다

지금도
서성거리는 이 발끝에서도
살을 찢는 것 같은 아픔이
핏줄 따라 삽시간에
온몸으로 전해져 옵니다

아림도
나의 빈 가슴속이 제집인 양
또아리를 틀고 앉아
칭얼댄 지 오래입니다

하늘을 아무리 올려다봐도
나 자신을 위로해 줄
그 어느 것도 보이지 않습니다

눈물만 빗방울처럼 쏟아질 뿐
슬픔을 단숨에 말려 버릴
그 어떤 따사로움도
내 주위엔 남아 있지 않습니다

지금 내게 다가서는
공허한 가슴속 넋두리만
옛날 옛적 이야기로 들려옵니다

포근햇던 온기도
달콤했던 시간도
모두 내 곁을 떠나버린 지금
스잔한 외로움만이 몰려 옵니다

당신이 내 옆자리를 비운 뒤에야
내가 당신을 많이 많이 사랑했음을
비로소 뼈저리게 깨닫습니다.

박봉은 作 <정물화 6> 10P(53×41cm) 수채화 2010.08
카페 박봉은 : http://cafe.daum.net/parkbongeun

당신에게 · 30

당신은 참 좋은 사람입니다
항상 남에게
양보만 하고 삽니다
당하고 울고만 삽니다

남에게 싫다는 소리 한 번
내뱉을 줄 모르고
불쾌하다는 표정 한 번
지을 줄 모릅니다

남을 눈꼽만큼도
미워할 줄을 모르고
항상 위로해 주며
그저 베풀려고만 합니다

남을 증오해 봐야
자기 마음만 황폐해지고
자기 육신만 피곤해지고
자기 삶만 병들어 갑니다

그저 이해해 버리면
심신이 편합니다
그냥 양보해 버리면
마음이 행복해집니다

당신이야말로 정말
참된 삶을
살아가고 있다는
생각이 듭니다

당신은 참
지혜로운 사람입니다.

당신에게 · 31

오늘따라 비바람이 세찹니다
아무리 우산을 바로 받치려고 해도
바람 때문에 속수무책입니다

살다 보면 간혹
이와 같이 자기 의지대로
할 수 없는 날들이
가끔씩 주위를 맴돌다
저 멀리 사라지기도 합니다

이럴 때일수록 잠자코
바람이 수그러들 때까지
비가 멈춰질 때까지
그저 조용히 기다리면 됩니다

비바람에 대항해서 싸우고
짜증내며 불평하고
그러다가 지쳐 쓰러지면
그게 가장 바보짓일 것입니다

거센 비바람이 몰려오면
잠시 움막집에서라도 머물다 가고
차가운 눈보라가 몰아치면
잠시 쉬었다 가면 됩니다

서둘러 가다 보면
그것이 더 더딘 길일 수도 있고
지름길이다 싶어 가다 보면
그 길이 더 먼 길이 될 수도
있습니다.

당신에게 · 32

아름답고 착한
당신 곁에 머무를 수 있어서
나는 진정 참으로
행복한 사람입니다

무엇 하나 나에게
정신적인 핍박 같은 것을
개미 눈물만큼도
느끼게 한 적도 없고

수수 알갱이보다
더 작은 불편함마저도
이 순간까지
결코 느낀 적이 없고

머리카락보다도 가는
그런 미세한 피곤함도
꿈속에서조차
결코 느낀 적이 없고

떠도는 공기 중의
작은 먼지만큼도
당신에게서 서운함을
결코 느낀 적이 없습니다

당신은 진정 나에게
귀하디 귀한
푸른빛이 도는
소중한 보석입니다.

당신에게 · 33

소슬바람 어슬렁거리는 날
장독대 위 빈 항아리 속에
혼자 처박혀 있는 것처럼
오늘은 웬지
그냥 마음이 허전합니다

그 시절 그때는
왜 그토록 잔인하게
나의 마음을 후벼댔었는지
왜 그토록 마음 시리게
나의 눈물을 짓눌러 짜댔는지
지금도 당신 마음을
알 수가 없습니다

그래도 지금 생각하면
웬지 그 시절이
겨울 방안의 화롯불처럼
나의 마음을
따뜻하게 지펴 주고 있습니다

그래서 그냥 가끔씩
웬지 쓸쓸함이 파도처럼
하얗게 가슴속으로 파고들 때마다
그냥 허공을 향해
부질없이 넋두리 한번 해 봅니다

그냥 그때 그 시절이
그냥 그때 당신 모습이
지금 이 시간
정말 눈물나도록 그립습니다.

당신에게 · 34

어제는 정말 심하게
당신과 다투었습니다

내가 당신을 만나
사랑하고 나서
그렇게 당신이
미워 본 적이 없습니다

분명 내 앞에는
그 옛날 내가
그토록 진심으로 사랑했던
수줍음에 얼굴 붉히던
그 사람은 분명 없었습니다

단지 늙고 심술궂은 마귀할멈이
먹이를 노려보듯 그 자리에
그렇게 서 있을 뿐이었습니다

그러나 금방 내 마음속에
그러한 당신의 모습이
오히려 무척 애처롭고
안쓰럽게만 보였습니다

풀리지 않는 문답들이
수천 번 수만 번 머릿속을
깊은 협곡의 급류처럼
몰고 흘러가지만
그냥 그저 당신에게
지금 미안한 생각뿐입니다.

당신에게 · 35

오늘은
마지막 겨울비가
소리 없이 내리고 있습니다

떠나기가 못내 아쉬운 듯
앙칼지게 몸부림치는 바람에
마음마저 휑하니
그냥 뚫려 버린 듯싶습니다

금방이라도
무너져 내릴 것만 같은
가슴 한켠에
허전함만이 가득합니다

갈증의 고통이 없었을 때는
물 한 방울의 의미를 몰랐습니다
외로움의 고통이 없었을 때는
행복의 의미를 잘 몰랐습니다

이제 당신이 떠나간 빈 자리에
고통 덩어리들이 북새통을 이루더니
급기야 언덕이 되었습니다

당신과 함께 한 지난 시간들이
너무나 행복했었다는 것을
이제야 비로소
가슴 깊이 눈물로 깨닫습니다.

당신에게 · 36

이제라도 제발
힘없이 지탱해 온
나와의 인연의 끈을
미련 없이 놓아 주세요

잠시라는 낭만의 여유도
자리를 비운 지 오랩니다

그나마 내가 남긴 흔적도
하얗게 지워 버리고
추억의 보라색 돗자리도
까맣게 태워 버렸습니다

내 몸에 씌워져 있는
엷은 은빛 연민까지도
내 마음에 걸쳐져 있는
작은 상념의 고리도
하늘 멀리 날려 버렸습니다.

박봉은 作 <수선화 1> 10F(53×45.5cm) 수채화 2010.09
카페 박봉은 : http://cafe.daum.net/parkbongeun

당신에게 · 37

오늘 나는 당신에게
이별의 아픔을
마지막으로 선물하고자 합니다

내가 지금까지
도저히 견딜 수 없었던 것은
당신의 무관심이었습니다

정말 서로 사랑했다면
풀장에서 물장난 했던 때처럼
애정의 물줄기들이
사방으로 튀겼을 텐데

단지 나를 필요로 할 뿐
나를 사랑하는 느낌은
그 어디에도 찾을 수가 없었습니다

살을 깎아내는 아픔은
참아낼 수가 있지만
뼈가 부스러지는 고통은
견딜 수가 있지만

당신의 무관심은
더이상 참아낼 수도
견딜 수도 없습니다

이제는 정말
당신을 잊으려 합니다
부디 어디를 가더라도
지금보다 더 행복하기를
온 마음으로 기도합니다.

당신에게 · 38

속 감정을
쉽게 내보이지 않는 당신은
참으로 용기 있는 사람입니다

서로 살면서 부대끼며
코를 찌르듯 불쾌하기도 하고
살을 태우듯 짜증도 나서
차마 견뎌내기 힘들었을 텐데

거칠게 쏟아져 내리는
협곡의 물길을
튼튼한 콘크리트 댐으로
틀어막아 버리는 것처럼

목까지 차오르는
검붉은 핏줄기를 막아 세우며

아무리 화가 나도
절대 노여움이란 것을
토해내지 않는 당신은
진정한 참사람입니다.

당신에게 · 39

아무리 생각해도
내가 미쳤었습니다
아니 미쳐도
한참을 미쳤었습니다

내가 어떻게
그토록 사랑했는지
내가 어떻게
그토록 마음을 주었었는지
도저히 믿을 수가 없습니다

분명 그때 나는 나였겠지만
그건 진정한 내가 아니었을 겁니다
막 태어난 갓난아기처럼
맑디맑은 해맑은 눈으로
당신만을 바라다봤을 겁니다

머릿속 구석구석을 다 뒤져도
당신에 대해 불만을 가졌던
그런 기억의 흔적조차
전혀 찾아볼 수가 없습니다

막 자란 새순처럼
그저 상큼하고 싱싱한
그런 아름다운 기억들만
마음속에 가득했을 겁니다.

당신에게 · 40

새벽에 나는 문득
문틈을 비집고 새어 들어와
나를 간지럽히며 깨우는
가느다랗고 작은 금빛 추억에
가만히 실눈을 떴습니다

간밤에 잠을
아주 편하게 잤던 사실을
이불 속에서 느껴지는
그리움 속에서 알았습니다

이 순간 바로 느껴지는 것은
지금까지 당신이 나에게
베풀어 주었던 친절함과
항상 몸에 배어있는
그 자상함 때문입니다

보름달처럼 환하게 웃고 있는
당신의 얼굴을 떠올리며
이제까지 한 번도
당신에게 말해 보지 못햇던
간절함이 하나 있습니다

앞으로도 항상
나의 가슴속에 잔뜩 쌓여 있는
기쁨과 행복의 보석함들을
빼앗아 가지 말고
잘 가꿔 주기를 바랍니다.

당신에게 · 41

진종일 지쳐 있는 나에게
당신의 다정한 전화 목소리는
가뭄에 목말라 있는 나무를
촉촉이 적셔 주는 단비와 같습니다

포근하고 따뜻한 그 목소리는
북풍한설에 내맡겨져
꽁꽁 얼어 버린 차가운 몸을
녹여 주는 봄바람입니다

항상 나에게 힘이 되어 주고
항상 나의 팔이 되어 주고
항상 나의 다리가 되어 주는
당신의 목소리는
진정 고마운 무지개입니다.

박봉은 作 <소나무 1> 10P(53×41cm) 수채화 2010.10
카페 박봉은 : http://cafe.daum.net/parkbongeun

당신에게 · 42

당신보다 더 소중한 것은
이 세상 아무 것도 없습니다

당신은
내 행복의 샘물입니다

당신을 바라보고 있으면
항상 기분이 좋습니다

당신의 손만 잡아도
가슴이 뜁니다

당신과 함께 있으면
이 세상 아무 것도
부럽지 않습니다

당신 곁에 있으면
몇 날 며칠 굶어도
배고프지 않습니다

하늘이 갈라지고
바다가 말라 버려
저 하늘 태양이 사라지는 그날까지
부디 이 행복이 영원하기를
간절히 바랍니다.

당신에게 · 43

오랜만에
당신을 뵈었습니다
얼굴이 많이 안 좋아 보입니다

당신의 안색이
창백할수록
나의 마음은 아픕니다

남들처럼 평범한 인생을 살고
남들처럼 보기에도 질투나게
그런 삶을 살아갔으면 합니다만
당신은 그러질 못해
나의 마음은 늘
상처투성이입니다

새로운 사람을 만나
정말 후회 없는 그런 사랑을
나눠 가질 수 있는
그런 각별한 인연이

어느 날 갑자기
당신에게 주어지기를
간절히 바랍니다

나는 지금 행복합니다
하지만, 나 혼자만 행복한 것을
바라지 않습니다

같은 핏줄로 태어난 우리는
똑같이 행복해야 합니다

부디 더이상
내가 가슴 아파하면서
당신을 바라보지 않도록
따스한 행운이
당신과 함께 하기를
간절히 간절히 바랍니다.

당신에게 · 44

오늘은
사랑하는 당신의 생일입니다

예전에 느꼈었던
당신의 생일보다
지금 현재 느껴져 오는
당신의 생일이
더 많이 소중하고
왠지 가슴이 아려오는 것은
무슨 이유에서일까요

뒷마당 간장독 속에서
오래도록 햇볕에 굽고 삭혀
맛깔스럽게 익혀가는 간장처럼
당신에 대한 나의 사랑이
더욱더 진하게 익어가는 것은
당신의 소중함을
가슴으로 깊이 깨달았기 때문입니다

나에게 너무나도
큰 의미로 다가오는 당신이기에
부디 오랫동안
보다 더 행복하게
그리고 더욱더 즐겁게
알찬 하루 하루를
가꾸어 가길 바랍니다.

당신에게 · 45

요사이 난 무척 우울합니다
생기도 없습니다
꼭 가뭄 속에서 타들어가는
키 작은 아기나무와 같습니다

당신을 본 지
꽤 오랜 시간이 지났습니다
처음엔 그러려니 했는데
시간이 지날수록 자꾸
힘이 듭니다

물론 전화로
당신의 목소리를 듣기는 합니다만
당신의 맥 풀린 목소리는
나를 만족시켜 주지 못합니다

물론 사랑한다는
당신의 고백도 이따금 듣습니다만
당신의 온기 없는 고백은
향기 없는 꽃과 같습니다

자꾸 잊어 보려고
외출을 하고 친구도 만나고
책을 읽어 보기도 합니다
그러나 다 허사입니다

이제 당신 없이는
남은 시간들을
스스로 헤쳐 나갈 수도 없고
나 혼자서
이 세상을 지탱할 수도 없습니다

당신은 이미
영원한 나의 반쪽이고
영원한 나의 동반자이고
영원한 나의 생명이고
영원한 나의 울타리입니다.

당신에게 · 46

오늘 난 문득
우리가 서로의 얼굴을
바라볼 수 있는 날이
앞으로 그다지 많이
남아 있지 않음을 깨달았습니다

앞으로 10년이 될지
앞으로 20년이 될지
아니면 더 짧은 날이 될지
지금은 알 수가 없습니다

그런 생각이 들어서인지
요즘 무척
하루하루가 소중하고
귀하다는 생각이 듭니다

우리가 함께 하는 이 시간들이
더욱더 의미가 있고
당신에 대한 나의 사랑이
더욱 애틋하게 여겨집니다

지금 우리의 눈앞을 스쳐 지나가는
이 시간들을 다시는 되돌릴 수 없고
지금 온몸으로 느끼고 있는
이 특별한 감정도 다시는
붙잡을 수 없다는 것도 잘 압니다

나머지
나에게 주어진 모든 시간 동안
내가 가진 사랑과 정성을
당신에게 몽땅 바치고 싶습니다.

당신에게 · 47

오늘 아침 일어나 세수를 하고
거울 속에 비친 내 모습을
별 생각 없이 바라보다
문득 나 혼자임을 깨닫습니다

새삼스러운 것도 아닌데
오늘따라 웬지
당신이 무척 그립습니다

처음에 당신이 내 곁을 떠날 때
식초를 가득 마신 것처럼
그렇게 가슴이 아렸습니다

날마다
양파즙을 두 눈에 뿌린 것처럼
쉴새없이 그렇게
눈물을 줄줄 흘렸습니다

까만 밤을 하얗게 구우면서
뜬눈을 내려 감지 못하고
여명을 무심코 지켜보곤 했습니다

그러나 이젠
야수처럼 포효하던
가슴속 뜨거운 그리움도
엄마 품안에서 잠든 어린애처럼
편안하고 조용해졌습니다

당신과 나 사이를 갈라놓던
그 부서진 시간들을 주워 모아
장롱 속에 깊이 간직해 두었습니다

언젠가 당신을 다시 만날 때
이것으로 멋진 목걸이를 만들어
당신의 목에 화려하게 걸어 주기 위해.

당신에게 · 48

당신은 도대체 누구신가요
당신은 겁 많고 소심하고
평범한 그런 사람인가요
아니면
감성이 없고 감각도 아주 더딘
그런 색깔 없는 사람인가요

당신이 나에게
사랑 담긴 고백을 전해 주기를
간절히 바랍니다만
당신은 미동조차 안 하고 있습니다

내가 먼저 당신에게
나의 선홍빛 참사랑을
은은한 조명 아래서
떨리는 벅찬 가슴 받쳐들고
당신에게 선물하고 싶지만

내가 먼저 당신에게
애잔한 별빛을 온몸에 맞으며
터질 것만 같은 열정의 손끝으로
당신의 얼굴을 만져 주고 싶지만

나는 나의 마음을
너무나 잘 알기에
나는 당신의 마음을
아직도 잘 모르고 있기에
나는 당신이 나에게
진실되고 아름다운 사랑을
고백해 주기만을
애타게 기다리고 있습니다

자다가 새벽에 일어나
물을 찾는 어느 병자처럼
나는 당신의 뜨거운 고백을
시간의 뒷자락을 잡고
간곡히 기다리고
또 기다리고 있습니다.

당신에게 · 49

당신은 나를 많이 사랑합니다
무엇이 당신으로 하여금
나를 사랑하게 만들었는지
아직도 나는 잘 모릅니다

아마도
나의 순수함 때문이 아니었을까
그런 생각을 어렴풋이 합니다

미안하게도,
나는 당신에 대해서
아직은 잘 모릅니다

분명한 것은
당신은 해맑고 투명하다는 것입니다
그리고
따뜻하고 다정다감하다는 것입니다
그런 당신을 사랑합니다

인연인 것 같습니다
그것도 아주 특별한 인연으로
우린 만난 것 같습니다

이 특별한 인연을
세상을 떠나는 마지막 그 날까지
기억이 하얗게 지워질 때까지
소중히 간직하며 지키렵니다

설령 우리 사랑이
달콤하고 향기로운 열매를
맺지 못하더라도
절대로 슬퍼하거나
포기하지 않을 것입니다

사람들이
옷깃 스치는 인연에도
감동하듯이
나도 마찬가지입니다
지금은 비록
사랑을 이룰 수는 없지만
당신의 향기를 기억하는 것만으로도
행복합니다

영원한 그 행복의 무덤에
그냥 이대로 묻히고 싶습니다.

박봉은 作 <홍연꽃 1> 10P(53×41cm) 수채화 2010.11
카페 박봉은 : http://cafe.daum.net/parkbongeun

당신에게 · 50

나는 당신을 항상
멀리서만 바라봅니다
어느 누구에게도
나의 마음을 들키는 게
싫기 때문입니다

그리고 나는 당신을
많이 그리워합니다
그래서 늘 당신 있는 곳으로
가까이 다가가고 싶습니다

당신을 많이 사랑합니다
솔직한 나의 본능을
어찌할 수 없습니다

당신을 매일매일
사랑스럽게 바라보고 싶어도
벽에 갇힌 당신을
나는 바라볼 수가 없습니다

새처럼 훨훨 날아
초롱불 하나 손에 들고
당신의 품에 안기고 싶어도
나는 날개가 없습니다

그저 꿈속에서만
당신을 만나고
그저 꿈속에서만
당신을 바라보고
그저 꿈속에서만
황홀하게 이야기하곤 합니다

숲 한가운데에
버려진 아기사슴처럼
아무런 힘이 없는 나를
지금 구슬프게
원망만 하고 있습니다.

당신에게 · 51

요사이
몸이 많이 아픕니다

갈수록 생기가 사라지고
그냥 높은 절벽 위에서
떨어지고 있는 것 같은
기분이 듭니다

몸이 아프니
마음도 덩달아
병이 난 것 같습니다

이럴 때일수록
생각나는 것은
당신의 따뜻한 말 한마디입니다

이럴 때일수록
그리운 것은
당신의 온화한 미소 한 조각입니다

이럴 때일수록
사무치는 것은
당신의 작고 포근한 품안입니다

당신과의 행복했던 추억들이
꼬리에 꼬리를 물고
나를 따라다닙니다

당신의 향기가
겨울밤 함박눈처럼
하얗게 쌓이고 있습니다

당신의 웃음소리가
달빛에 메아리 되어
내 온몸 안을 비집고 다닙니다

오늘따라 유달리
당신이 몹시 보고 싶습니다

그리움 한 뿌리 입에 물고
잘근잘근 곱게 씹어
가슴 깊이 삼켜 봅니다.

박봉은 作 <백연꽃 1> 10P(53×41cm) 수채화 2010.12
카페 박봉은 : http://cafe.daum.net/parkbongeun

당신에게 · 52

지금 여기는
밤이 되었네요

그냥 피곤해서
저녁식사도 마다하고
그냥 호텔에서 하루종일 잤습니다

그토록
나를 그리워하고 보고파하는
당신을 생각하면 마음이 아파옵니다

아프다 못해
시큰시큰 아려옵니다
애간장을 억만 년 된 차가운
식초 속에 담가 놓은 것처럼

당신은
어여쁜 여자
사랑스러운 여자입니다

어디서나
나를 보살펴 주는
어머니 마음처럼
그렇게 포근합니다

어느 때나
나를 지켜보고 있는
어머니 눈길처럼
그렇게 따사롭습니다
항상
나를 편안하게 해주던
어머니 목소리처럼
그렇게 달콤합니다.

당신에게 · 53

오늘은 이른 아침부터 일어나
해외 출장 준비를 하고 있습니다

비록 잠시 동안이지만
웬지 바다 건너
다른 나라로 간다는 것이 그리
마음이 편하지만은 않습니다

물론 마음만 먹으면 자유롭게
메일도 보낼 수 있고
전화도 해서
당신 목소리를 들을 수는 있습니다

그러나
옷가지와 세면도구 등을 하나 둘
여행가방에 집어넣으면서
웬지 먼 나라로 떠나는 것 같은
웬지 당신과 마지막일 수도 있다는
그런 섬뜩한 생각이 들었습니다

같은 나라에 있을 때는
못 느꼈지만
다른 나라로 떠난다고 하니
웬지 나를 버리고
멀리 떠나가 버리는 것 같다던
당신의 말

그 말 때문인지
당신을 두고
멀리 떠나는 발길이
마냥 무겁기만 합니다

그러나 아주 가끔씩은
이렇게 이별해 보는 작은 연습도
우리에겐 꼭 필요한 것 같습니다.

당신에게 · 54

날씨가 무척 덥습니다
이런 날 다른 이들은
더위에 지쳐 거의 손을 놓고
시원한 곳을 찾아가
유유자적한 시간을 보낼 텐데
당신은 그럴 마음이
전혀 없는 것 같습니다

당신은 평소에도
내가 고생한 것을 보면
마음이 너무 아프다고
무언가 도와주려고
항상 나보다 먼저
일거리를 찾곤 했습니다

당신의 고운 마음은
당신을 처음 만났을 때부터
이미 알아봤습니다

데이트 하던 날
집 앞까지 데려다 준다고 하면
내가 피곤할까 봐
당신은 괜찮다며
나를 돌려세워 보내주곤 했습니다

아기를 낳아 기를 때도
아기가 아무리 무거워도
내가 힘들어 피곤해 할까 봐
아기를 당신 품에서
절대 내려놓지 않았습니다

당신은 결혼해서 지금까지
나를 위해 그렇게 항상
헌신적으로 대해 주었습니다
그런 당신을 위해
많은 생각을 합니다

어떻게 하면 더 당신을
행복하게 해줄 수 있을까
어떻게 하면 당신에게 받은 사랑을
몇 배로 되돌려 줄 수 있을까
꿈속에서도 깨어나서도
어디를 가나 시도 때도 없이
항상 그런 생각을 합니다.

박봉은 作 <자화상> 10F(53×45.5cm) 수채화 2011.01
카페 박봉은 : http://cafe.daum.net/parkbongeun

당신에게 · 55

오늘은 날씨가 무척 덥습니다
가만히 방안에 앉아 있어도
땀이 주루룩 쏟아집니다
이런 날 밖에서 일하며 뛰어다니는
당신은 얼마나 힘들까요

서슬 퍼렇게 불어대는
살얼음 바람 속에서도
가슴속 고통을 다독이며
사랑하는 가족을 위해
혈투를 벌이는 당신

나는 당신이
그토록 고통의 늪에서
하루 하루 살아가는 것을
진정 원치 않습니다

태양이 이글거리거든
울창한 나무 그늘 밑에서
잠깐만 쉬었다 가세요

눈보라가 세차게 몰아쳐서
손발이 찢어지도록 시리거든
양지바른 곳에서 단 몇 분이라도
몸을 녹이다가 가세요

비바람이 세차게 몰아쳐서
앞이 잘 보이지 않거든
오두막 처마 밑에서
비가 그칠 때까지
좀 쉬었다 가세요

내가 당신을 도울 수만 있다면
나의 몸과 맘을
천길 낭떠러지라도
만길 불 속이라도

미련 없이 던질 수 있으련만
아무리 뒤져 봐도
내가 당신을 도울 수 있는 방법은
아무 것도 없는 것 같습니다

그러나 나는 당신이
정말 지혜롭게
때로는 바보처럼
아주 편안한 마음으로
이 세상을 살아가기를
진정 소망합니다.

박봉은 作 <능소화 1> 10P(53×41cm) 수채화 2011.02
카페 박봉은 : http://cafe.daum.net/parkbongeun

당신에게 · 56

오늘도 그리운 당신은
내 마음속에 없습니다
그리움 따라 다가온
하늘빛만 그저 덤덤하게
나를 쳐다보고 있을 뿐

혹시나 하여 지나가는 나비에게
당신의 안부를 물어 보지만
하늘하늘 제자리만 맴돌다
아무런 대답 없이 사라지네요

도란도란 재잘거리다가
흐르는 눈물이 버거워
사르르 잠이 든 나를
수다스런 햇살이
간지럽히며 깨웁니다

아무리 사방을 둘러 봐도
아무리 소리쳐 불러 봐도
아무도 대답하지 않습니다

투명한 유리병에 갇힌 채
벌거벗은 알몸으로
금붕어처럼 빠끔빠끔
숨만 쉬고 있는 것 같습니다

언젠가 당신이
내 곁으로 돌아오는 날
아름다운 무지개 밟으며
하늘로 훨훨 날아오르고 싶습니다

언젠가 당신이
내 손 잡아 주는 날
세상의 온갖 새들 불러 모아
즐거운 노래 함께 부르고 싶습니다.

당신에게 · 57

발밑에서 서성이는 가을을 보며
문득 당신을 생각합니다

당신 마음 쏙 빼닮은
작은 단풍 하나 주워들고
어린애처럼 신기해하며
한참을 들여다보던 당신

책갈피에 조심스레 꽂아 넣고
귀중한 보석을 얻은 것처럼
기뻐서 어쩔 줄 모르던 당신

푸른 하늘 속에 떠오른 당신은
아름다운 한 폭의 수채화입니다

그 해맑은 당신의 미소가
소리 없이 가을 속으로 스며듭니다

오솔길 위에 뒹구는 낙엽들이
행여 밟혀 아플까 봐
조심 조심 꼿발로 걷던 당신

당신은 하늘에서 내려온
눈부신 하얀 천사입니다

코끝을 살겁게 스쳐가는
가을향기 가득 들이마시며
지그시 눈을 내려 감고
두 손을 꼭 쥐어주던 당신

황홀한 행복의 울타리에
달콤하게 잠들게 했던
당신의 향기를 기억합니다

사랑의 느낌이 출렁거리던
작은 연못가 풀밭 위에서
살포시 기대어 속삭이던
보랏빛 사랑 고백도 기억합니다.

당신에게 · 58

지금 여기는 이국땅
달님도 별님도 모두 잠든
유난히도 어두운 새벽 시간
자다가 꿈속에서
당신을 만났습니다

라디오에서 흘러나오는
애잔한 음악소리가
가슴속에 웅크리고 앉아 있는
그리움 조각들을 엮어내어
요동치는 천장 위에
덕지덕지 붙여 놓았습니다

하얀 침대 위 베개맡에서도
백황색 불빛이 새어나오는
작고 동그란 스탠드에서도
가로등 불빛이 새어들어오는
커텐 위에서도
당신은 화사한 미소로
나를 바라보고 있습니다

이내
그리움 속에서
샘 솟듯 넘쳐흐르는
추억의 물줄기

잠을 자고 싶어도
잠을 청할 수 없는
흐르는 눈물을 멈추려 해도
멈출 수 없는 아픔

그냥 입술을 깨물고
가시 돋친 슬픔 덩어리들
주섬 주섬 챙겨 들고
그리움의 장막 속으로
슬그머니 숨고 싶습니다

지금 이 시간
당신을 이 땅에 보내준 분보다도
당신을 더 사랑하고
더 많이 보고 싶습니다.

당신에게 · 59

당신은 나를
많이 사랑하는 것 같습니다

목소리만 들어도
항상 반가워 어쩔 줄 모르니까요

어제 저녁에 만나
오늘 아침에 헤어졌는데도
당신은 무척 나를 보고 싶어
심장이 다 내려앉는 것 같다 하니¶

그러다
살림은 언제 하는지
참으로 걱정이 됩니다

당신은 항상
내가 곁에 있어야만
편히 잠을 잡니다

당신은 항상
내가 옆에 있어야만
당신의 초췌해진 얼굴이
비로소 보름달처럼 환해집니다

당신은 항상
내가 눈에 보이는 곳에 있어야만
예쁜 미소가
너울거립니다

우리에게 분명한 것은
나는 당신의 반쪽이고
당신은 나 없이 혼자서는
절대로 설 수 없다는 것입니다.

당신에게 · 60

한없이 사랑하는 당신
그동안
고생이 너무 많았습니다

잠자고 싶을 때
제대로 자지도 못하고
쉬고 싶을 때
제대로 쉬지도 못했습니다

가라앉으려는 몸을
억지로 추켜세워
수많은 세월을
이리저리 끌고 다녔습니다

이젠
온몸의 기력이 달리고
그토록 왕성했던
식욕조차도 없어지고
기억력마저도
선명하지를 못합니다

어둡고 거칠은
광활한 대양 위에서
폭우가
뱃머리를 사정없이 두들겨대고
두려움이
온 몸을 감싸고 휘돌아도
오직 희망 하나로
버티고 견뎌 왔습니다

이제
비바람도 없고
두려움도 없는
오직 행복만이 가득한
꽃향기 그윽한 정원의
안락의자에 편히 앉으세요

그리고
이제 남은 시간
마음 편히 쉬었다 가세요
얼마 남지 않은 시간들을
한가롭고도 여유롭게
즐기면서 살다 가세요.

박봉은 作 <능소화 2> 20P(72.7×53cm) 수채화 2011.03
카페 박봉은 : http://cafe.daum.net/parkbongeun

당신에게 · 61

지금 돌이켜 생각해 보면
지나간 세월
내가 당신한테 왜 그랬을까
내가 당신한테
왜 그렇게밖에 못했을까
지금 생각하면
참으로 어리석기 그지없습니다

그때 내가
당신에게 이렇게 말했더라면
참 좋았을 텐데¶
그때 내가
당신에게 이렇게 대했더라면
더 좋았을 텐데¶
때늦은 후회를 해봅니다

지나온 무수한 시간 속에서
당신에게
따뜻하게 배려해 주지 못하고
헤아려 살피지 못해

정말 미안한 마음이
지금 천만근 바위처럼
온몸을 가누지 못할 만큼
억눌러 대고 있습니다

때늦은 후회지만
지금이라도 깨닫고 있으니
그나마
천만다행이라고 생각합니다

이미 지나간 일이지만
다시는 당신에게
두 번 다시 그런 실수는
하지 않을 겁니다

나에게 주어진 남은 시간 동안
더욱더 친절하게
더욱더 정성스럽게
더욱더 사랑하는 마음으로
혼신의 힘을 다해
당신을 대할 것입니다.

박봉은 作 <바다와 돌멩이들 1> 20P(72.7×53cm) 수채화 2011.04
카페 박봉은 : http://cafe.daum.net/parkbongeun

당신에게 · 62

내가 당신을 처음 만나던 날
나는 직감적으로
당신이 나의 반쪽이라는 걸
금방 알아차렸습니다

말 한마디 건네지 않았지만
오래 전부터 아는 사이처럼
그렇게 친밀한 느낌이
나의 온몸을 감싸고 돌았습니다

바라보는 눈빛에서
수억만 년 억 겁의 세월 동안
잠들어 있었던
사랑의 본능이 깨어났습니다

당신을 만나기 위해
우주의 빛을 타고
밤하늘 별처럼 많은 세월을
힘차게 뻗어가며
줄기차게 달려왔습니다

나에게는 더이상
아무 것도 필요치 않았습니다

단 한 방울의 물이 절실한
메말라 가는 호수에 사는
가녀린 물고기처럼

뜨거운 사막 한 가운데서
오직 한 방울의 물을
절박하게 기다리고 있는
가냘픈 한 송이 꽃처럼

나에게 필요했던 건
오직 단 하나
당신의 어여쁜
주홍빛 사랑뿐

나의 가슴속 옹달샘에서
끊임없이 솟아나는
사랑의 샘물을
나는 어찌할 수 없었습니다

나는 이 한몸을 던져서라도
당신의 사랑을 꼭 얻고 싶었습니다
천신만고 끝에 얻은
운명의 당신을 죽도록 사랑합니다.

박봉은 作 <엄마와 아기토끼> 10P(53×41cm) 수채화 2011.05
카페 박봉은 : http://cafe.daum.net/parkbongeun

당신에게 · 63

나에게는 오로지
당신밖에 없습니다
당신 없이 난
아무 것도 할 수 없습니다

당신은
내 인생의 버팀목이고
생명의 샘물이고
길을 밝혀 주는 호롱불입니다

당신에게 강한 척
큰소리로 떠들어 대지만
사실은 겁많고 울음 많은
철없는 아이랍니다

당신에게 표현하지 못했지만
당신밖에 사랑하지 못하는
그런 연약하고 순진한
한 마리 아기사슴이랍니다

제발 나를 안아 주세요
지금 너무 춥습니다
당신의 따뜻한 품으로
나를 꼭 껴안아 주세요

당신 없이 세상을
헤쳐 나갈 힘이 없습니다
당신 없이 세찬 바람을
도저히 막아낼 수가 없습니다

왜냐 하면 나는
당신의 반쪽이기 때문입니다
왜냐 하면 당신은
나의 전부이기 때문입니다

하늘의 태양처럼
밤하늘의 달처럼
항상 내 가슴에 그렇게
우뚝 솟아 남아 주세요.

당신에게 · 64

나는 지금
내가 당신을 만나
그동안 얼마나 행복했었는지를
곰곰이 생각하고 있습니다

내 인생에서
당신을 만나
얼마나 운 좋은 사람이었는지를
뼈저리게 느끼고 있습니다

어느 날 문득
눈부신 햇살처럼 다가온 당신
천년빙하처럼 얼어붙은 내 몸을
온천물처럼 따뜻하게 녹여 주었습니다

어느 날 문득
달콤한 향기로 다가온 당신
곰팡이 냄새 진동하는 내 영혼을
꽃처럼 향기 나게 만들어 주었습니다

어느 날 문득
하얀 천사처럼 다가온 당신
진한 외로움에 찌든 내 마음을
샘물처럼 싱그럽게 만들어 주었습니다

어느 날 문득
상큼한 바람으로 다가온 당신
세상 먼지 다 뒤집어 쓴 내 몸을
깃털처럼 가볍게 만들어 주었습니다

만약 나에게 당신이 없었다면
나는 분명
이처럼 황홀한 사랑의 세계를 미처 알지도 못하고
이처럼 아름다운 행복의 세계를 미처 깨닫지도 못하고
머나먼 어둠의 길을 헤매고 있었을 것입니다

나에게
영원히 꺼지지 않는 호롱불을 안겨준 당신
진정으로 고맙습니다
많이 많이 당신을 사랑합니다
영원토록.

박봉은 作 <베고니아꽃> 10P(53×41cm) 수채화 2011.06
카페 박봉은 : http://cafe.daum.net/parkbongeun

당신에게 · 65

여태껏 나는
당신의 소중함을
미처 깨닫지 못했습니다

스쳐 지나가는
차갑고 냉정한 시선들을
수없이 눈으로 지켜보면서도
나하고는 아무 상관없는
그저 남의 일이라고만 느끼고 생각했을 뿐
당신의 따뜻한 시선이
나에게 얼마나 소중했던 것인지를
미처 깨닫지 못했습니다

이미 순수함 잃어버린 마음 세계를
수없이 겪고 다니면서도
나하고는 아무 상관없는
그저 남의 일이라고만 느끼고 생각했을 뿐
당신의 따뜻하고 고운 마음이
나에게 얼마나 소중했던 것인지를
미처 깨닫지 못했습니다

이미 온정이 메말라 버린 정신 세계를
누구보다 잘 알고 있으면서도
나하고는 아무 상관없는
그저 남의 일이라고만 느끼고 판단했을 뿐
당신의 포근하고 다정한 보살핌이
나에게 얼마나 소중했던 것인지를
미처 깨닫지 못했습니다

이미 낭만이 사라져 버린 이기적인 사랑 세계를
누구보다 잘 알고 있으면서도
나하고는 아무 상관없는
그저 남의 일이라고만 느끼고 판단했을 뿐
당신의 진실되고 유일한 사랑이
나에게 얼마나 소중했던 것인지를
미처 깨닫지 못했습니다

생각없이 한참 동안
외로운 어둠속을 방황하고 나서야
차거운 겨울 벌판을 방황하고 나서야
고통의 가시밭길을 헤매고 나서야
이제야 비로소
당신의 소중함을
가슴으로 깊이깊이 깨닫습니다.

박봉은 作 <호랑나비와 코스모스> 10P(53×41cm) 수채화 2011.07
카페 박봉은 : http://cafe.daum.net/parkbongeun

한실문예창작 지도 교수 프로필

박덕은 (예명; 박한실. 닉네임; 헤르소)

전남 화순 출생

前 전남대학교 인문과학대학 교수인 朴德垠 씨는 [중앙일보] 신춘문예 문학평론 당선, [전남일보](現 광주일보) 신춘문예 동화 당선, [창조문학신문] 신춘문예 시 당선을 비롯하여 전 장르(시, 소설, 동화, 동시, 시조, 수필, 희곡, 문학평론, 아동 문학평론, 단편소설, 장편소설, 소년소설)에 걸쳐 등단과 수상을 기록한 문학박 사이다.

해학, 위트, 유머, 재치가 넘치는 그의 삶은 열정과 신념으로 가다듬은 120권의 저 서에서 다채로운 향기를 풍기고 있다. 그리고 그 향기에 취한 '시를 사랑하는 사람 들'과 함께 늘 시심을 가다듬기에 여념이 없다. 시를 쓰며 문학을 사랑하며 자신의 택한 길을 올곧게 달려가고 있는 그는 현재 서울을 비롯하여 광주, 나주, 순창, 담 양을 시향의 고을로 만들기 위해 오늘도 정성과 최선을 다하고 있다.

* 시인
* 소설가
* 문학 평론가
* 희곡작가
* 동화작가
* 사진작가(270점 전시회 발표)

* 전남대학교 문학석사
* 전북대학교 문학박사
* 前 전남대학교 교수
* 前 전남대학교 국어국문학과장
* 한실문예창작 지도 교수
* 논술구술연구소 소장
* 문예창작연구소 소장
* 한국시연구회 이사
* 한국아동문학 동화분과위원장

* 한꿈 문학회 지도 교수
* 향그런 문학회 지도 교수
* 부드런 문학회 지도 교수
* 둥그런 문학회 지도 교수
* 싱그런 문학회 지도 교수
* 포시런 문학회 지도 교수
* 멋스런 문학회 지도 교수
* 성스런 문학회 지도 교수
* 탐스런 문학회 지도 교수
* 바로 문학회 지도 교수

* [중앙일보] 신춘문예 문학평론 당선
* [전남일보](現: 광주일보) 신춘문예 동화 당선
* [창조문학신문] 신춘문예 시 당선
* [시문학] 시 추천 완료

* [문학공간] 소설 추천신인상
* [문학세계] 희곡 신인문학상
* [아동문예] 소년소설 신인문학상
* [문예사조] 수필 신인문학상
* [시와 시인] 시조 청학신인상
* [아동문학평론] 동시 신인문학상
* [아동문학] 동시 신인문학상
* [문학공간] 본상(장편소설) 수상
* 계몽사 아동문학상 수상(제11회)
* 한국 아동 문화상 수상
* 한국 아동 문예상 수상
* 아동문예작가상 수상(제10회)
* 광주문학상 수상(제1회)
* 전라남도 문화상 수상(제35회)

제1문학이론서 〈현대시창작법〉
제2문학이론서 〈현대 소설의 이론〉
제3문학이론서 〈문학연구방법론〉
제4문학이론서 〈소설의 이론〉
제5문학이론서 〈현대문학비평의 이론과 응용〉
제6문학이론서 〈문체론〉
제7문학이론서 〈문체의 이론과 한국현대소설〉
제8문학이론서 〈한국현대소설의 이론과 적용〉
제9문학이론서 〈시의 이론과 창작〉
제10문학이론서 〈해금작가작품론〉
제11문학이론서 〈디코럼 언어영역〉
제12문학이론서 〈논술 고사 정복〉
제13문학이론서 〈심층면접 구술 고사 정복〉
제14문학이론서 〈둥글파 언어영역〉
제15문학이론서 〈논술교실〉
제16문학이론서 〈꿈샘 논술〉

〈박덕은 시집 발간 현황〉

제1시집 〈바람은 시간을 털어낸다〉

제2시집 〈거시기〉

제3시집 〈무지개 학교〉

제4시집 〈케노시스〉

제5시집 〈길트기〉

제6시집 〈감힘의 비밀〉

제7시집 〈소낙비 오는 정오에〉

제8시집 〈자유人.사랑人〉

제9시집 〈나찾기〉

제10시집 〈지푸라기〉

제11시집 〈동심이 흐르는 강〉

제12시집 〈자그마한 숲의 사랑 이야기〉

제13시집 〈사랑한다는 것은〉

제14시집 〈느낌표가 머무는 공간〉

제15시집 〈그대에게 소중한 사랑이 되어.1〉

제16시집 〈그대에게 소중한 사랑이 되어.2〉

제17시집 〈둥지 높은 그리움〉

제18시집 〈곶감 말리기〉

제19시집 〈사랑의 블랙홀〉

제20시집 〈나는 그대에게 늘 설레임이고 싶다〉

제21시집 〈내 가슴이 사고 쳤나 봐〉

제22시집 〈당신〉

〈박덕은 소설집 발간 현황〉

제1소설집 〈죽음의 키스〉

제2소설집 〈양귀비의 고백〉(풍류여인열전.1)

제3소설집 〈황진이의 고독〉(풍류여인열전.2)

제4소설집 〈일타홍의 계절〉(풍류여인열전.3)

제5소설집 〈이매창의 사랑일기〉(풍류여인열전.4)

제6소설집 〈서울아라비아나이트〉

제7소설집 〈금지된 선택〉

〈박덕은 번역서 발간 현황〉

제1번역서 〈소설의 이론〉

제2번역서 〈철학의 향기〉

제3번역서 〈사랑하는 사람 가슴에 싶어주고픈 말〉

제4번역서 〈철학자의 터진 옷소매〉

제5번역서 〈세계 반란사〉

제6번역서 〈한국 반란사〉

〈박덕은 아동문학서 발간 현황〉

제1아동문학서 〈살아있는 그림〉

제2아동문학서 〈3001년〉

제3아동문학서 〈무지개학교〉

제4아동문학서 〈동심이 흐르는 강〉

제5아동문학서 〈곶감 말리기〉

제6아동문학서 〈서울 걸리버 여행기〉 261

제7아동문학서 〈돼지의 일기〉

제8아동문학서 〈해외 신화〉

제9아동문학서 〈마녀 헤르소의 모험〉(1권)

제10아동문학서 〈마녀 헤르소의 모험〉(2권)

〈박덕은 교양서 발간 현황〉

제1교양서 〈해학의 강〉

제2교양서 〈바보 성자〉

제3교양서 〈미네르바의 부엉이는 황혼녘에 날은다〉

제4교양서 〈멋진 여자, 멋진 남자〉

제5교양서 〈우화 천국〉

제6교양서 〈나만 불행한 게 아니로군요〉

제7교양서 〈나만 행복한 게 아니로군요〉

제8교양서 〈나만 어리석은 게 아니로군요〉

제9교양서 〈행복한 바보 성자〉

제10교양서 〈느낌이 있는 꽃〉

제11교양서 〈흔들림이 있는 나무〉

이상 총 저서 120권 발간